ユニヴェール 1

オワーズから始まった。

白井健康
Tatsuyasu Shirai

書肆侃侃房

オワーズから始まった。

＊もくじ

写真　白井健康
装幀　宮島亜紀

I

O型の口蹄疫ウイルスは、オワーズで最初に発生が確認され、その後世界中に感染が拡大している。

内海を流れる潮で手を洗う殺めた牛の血を洗うよう

親指で左側頸静脈を圧迫し、18Gの注射針を刺し入れ一気に注入した。約二秒後、崩れるように倒れ、痙攣を四、五回繰り返したのち動かなくなった。まだ温かみの残るからだに、降り頻る雨は纏わりつくようにやさしかった。

たましいひとつ

曇りのち真白き空の目眩《めくらま》し和牛膁部《けんぶ》の刺毛は二箇所

石灰を塗りたくられてがらんどう検案書には熱《いき》れが残る

夏の日が忘れ去られてゆくように日照雨のひかりを餌槽に食べる

たくさんの蹄に踏まれ姫女苑うまく咲けない水無月である

2%セラクタールを投与後に母子の果実を落としてしまう

頸静脈へ薬物注射するときに耳たぶの縁蚋《へり》が血を吸う

倒れゆく背中背中の雨粒が蒸気に変わる　たましいひとつ

星を見た眸のなかに見るだろう剝がれかけてる人間にんげん

射干玉の黒い眸はたちまちに海溝よりもかなしく沈む

前肢の動きのやがて止まるとき呼気は真っ直ぐ真っ直ぐ　たかい

タイベックスの防護服から雨粒が胸郭あたり乳房を冷やす

たくさんのいのちを消毒したあとの黙禱さえも消毒される

哺乳子牛に母は近づき束の間の咀嚼はやがて反芻となる

このまちの偶蹄類はいなくなり髪切虫は森へと帰る

ビルコンSに不活化されるウイルスの螺旋ゆるりと解かれてゆく

十桁の個体識別番号を幾度も呟く、手のひらに書く

うしぶたのいのちは間引かれ晴れのちのくもの巣の糸瞬きをする

三百頭のけもののにおいが溶けだして雨は静かに南瓜を洗う

二十一ナノメートルのウイルスの螺旋のなかのオワーズのひかり

葦の根の夜を開けば肉叢も緑も水もあまりに匂う

ゆがんだらまなぶたのなかに閉じこめて泰山木の白が痛い

東雲に髪を洗えば冥界の入り口あたり　近づきすぎた

死はいつもどこかに漂う気のようなたとえば今朝のコーヒーの湯気

二百五十二箇所の穴を避けて　そう踏まないように白線の外

韮の芽が空を持ち上げ椋鳥が制限区域をはみ出して啼く

西都原古墳群みどり風みどり咆哮みどり追いつけっこない

何ができる一体何ができるのと、免許番号一七五五三号

制限区域を区別できない蜻蛉が狂ったように旋回をする

ＪＡＬ１８８５便の小窓から境界線を突き抜けてゆく

青葉生うる日照雨のひかり血のひかり手のひらに掬えばいきもののみず

まだ動いてる

水無月の家内を占めるたましいに（ことり）する音振り向いている

ドクブツヲケイジョウミャクヘナガシコミ地球の底へ倒してしまう

もう二度とうたれることのない雨の雫のなかに蹄が匂う

崩れゆく（からだからだ）に霧雨が挟まっているひと呼吸あと

アフトウイルスは墜栗花《ついり》の雨に溶け出して十桁耳標を消しやしないか

死ぬときは目方がわずか減るというたましいなども昇華してゆく

あかさたな雨はみどりを濡らしつつはまやらわれは空へ俯く

鮫の眼のように混濁する下の雨音葉擦れに攻撃される

整然と並べ終えたらそのあとで地球のなかに封印をする

六百頭の牛を殺めた親指の仄かな怠さ一日を終える

みどりいろの稲穂のゆれる此岸よりむこう彼岸に遊子がみえる

葉脈の漣うねくね夏風に精霊飛蝗の擬態　かなしい

息継ぎのように掠れるインク文字消さないように忘れないように

水底の勾玉の黒その深いぬばたまのなかひかる遊星

羊水のなかでやつらが動いてる地下二メートルでまだ動いてる

りんりんと内臓にまで沁みわたり塩辛蜻蛉は産卵をする

移動制限区域を重ねまた重ね重ねて重ねて　終わるのだろうか

わかばいろそらいろつちいろうしのいろ髪切虫の複眼のなか

わたつみの深きこころを宮崎の芋焼酎に浸しておれば

この森が深く大きく息を吐き六百頭の牛が溺れる

ここは川南。埋めてしまった肉叢が森の時間に溶けてゆくまで

長月を越えて啼きだすかなかなの骨を砕いた声を嚙み切る

引き潮の静けさだろう浚われて砂に吸われてゆく水のよう

いつかきっとひかりが死んでゆくまえに翅のむこうへRe mailをする

梓弓ま弓槻弓年は過ぎひとりの部屋の　空耳だろうか

陽に翳すいのちが赤い海ならばメランジュールのなかに漂う

研ぐ

検査員に洗われた肌は
艶やかに逃げて
赤いスプレーのナンバリング
を追いかけても
馴染めない記号
がいつからか（読めない
蒸気はからだから沸き立って甘く
滑りすぎたパドックが
午後の剝皮刀のひかりに

まだ痛い

電気に突つかれなんども騒ぎ
精巣をははのまえで
投げつけられたのなら
耳朶だけが月のように笑う
マッシュやペレットは
妄想を積み上げ
顔をあげたとたん、笑みが
放血を神事のように祝福し
長靴を履いたあなただけが
みずのように生き延びる

ふうっと吹く風船のどこかに穴があり風に押されてまた息を吹く

II

世界の片隅で誰も拾い上げようとしないものを見ていたい。

土瀝青に

人差し指がゆっくり沈んでいくミルク昨日とちがうところへ沈む

早退けの空昼の月だんまりと冷たい乳房にまだ触れている

スズメが土瀝青になっている（どうかしてる（どうにもならない

食べるって（叩いて砕いて真っ直ぐで血のようにまた生き延びている

尾の切れた蜥蜴のように変わりたい手のなかの尾がまだ動いてる

この場所に朝陽が当たるしあわせは嘘をつかずにNへと移る

生葉だけ燃やそうとして燃えにくい性愛は夢（夢なのだろう

あじさわう夜昼アイシアウひかり零れつづけて指先を切る

電子手帳の（欺瞞）の声の柔らかい彼女と似てるきみを愛した

今切《いまぎれ》

肉球のやさしさそれは見返りを求めていない春紫苑踏む

非常口から非常口へとくぐり抜け盗人のよう春は湧き立つ

流されやすく冷やされやすい夏がくる奪われるだけの陽射しのなかで

守るべきひとなどだれもいなかった鉛の厚さの壁が重たい

折り鶴の首をかくんと明日に向け潮の流れの変わる今切《いまぎれ》

唇に潮の香りを舐めている童貞でなくなった汽水湖のよう

ゆくりなく雨が降り出す瞬間は会えないひとにいつも呼ばれる

暗闇へ刺したナイフの微笑みがみかづきのかたち陰《ほと》になるまで

男か女か

ショーウインドウに並べられてる唇が蠟燭のよう溶けやしないか

穴あきのパラフィン紙にて包まれる白い唇赤い耳たぶ

投身自殺したって後悔しないでも五月の風にゆれるプリーツ

自販機のボタンをみんな押してゆくどんな女も孕ませるよう

いずれまた振出しに戻る神はもう夕暮れの向こう「ゆ」のせつなきか

君が代は相聞歌だと思うとき手のひらのうえ震えるプディング

手のひらに愛してるって埋めたゆび雪を摑んだままの無人だ

みみのなかみみのみのなかきみのなかわたしのなかにみのるみがある

体温を与えたりまた奪ったり夜更けのみずのふたりが出会う

秋刀魚の目、ＬＥＤの目、娶られたおんなの目のなか欠片を患う

脇に手をまわしたときの孤独には雨降りじゃない例外がある

雲雀よ教えて一番最初に「す」の音を声にしたのは男か女か

ふたりの椅子

夏はすでにひかりのなかに椅子を置くふたりの椅子をひとつの場所へ

乳房よりうえ半分の朝明けをプラトニックだと呟いている

モロヘイヤを刻んで刻んで刻んでめちゃくちゃめちゃくちゃめちゃ

指の腹であなたの手のひら摩るときパノプティコンの都会が浮かぶ

指先をグラスのなかに浸してる自虐がいちばんたやすいのです

1／Nだけ揺れる風のなか鎌鼬はきっとそらいろ亜属

甘嚙みの親指だとか花水木だとか　蕊を濡らしてきっと似ている

百日紅（むかしむかしサーカスが来た）首くるくるって落ちてしまった

牛乳パックの上品な口が、定型が崩されてゆく一秒ほどで

くちびるに産毛の透ける朝にだけ牛乳瓶は未来を見せる

裏切りや病気見舞いや衝動買いが放恣なゆめの若葉に変わる

自由はすでに方向もなく

ハナノキを呼んでごらんよ裏面もぴかぴかひかる十円硬貨で

石の上に蝶が止まっているあいだ頭のなかを針が貫く

スクランブル交差点へ足を踏み入れる処刑宣告受けたぼくらが

葉擦れから森がはじまるおそらくは吊り革のようひとりひとりに

クレンメ

なりかけのまま消えてゆく雲だけをバルサムのなか包埋しておく

忘れかけたころ諳んずる詩のように褪せてしまった虹に触れてる

空き瓶のままに疲れて眠るとき魚は浮き袋をもたない

順番に並んで列が伸びてゆき吐き捨てられたガムはクレンメ

三月にいつも失くしてしまうもの　温められた親指　手袋

ふたりしてコートを脱ぎ捨て沈むときうっかり鱗を落としてしまう

腹白の魚が月に照らされて生き返るなら夢はぬばたま

つきあかりいろした群れの潜むさきどこかにきっと抜け道がある

足元の海が静かに退く夜は手紙のように魚が逃げ出す

ラブラドライト

細胞がレンズの下で狂ってるヘマトキシリン・エオシン染色

紫陽花のすべてをちぎりとるように歩き続ける旅人である

七里ケ浜の店員の首に揺れているラブラドライト　海は近いな

山羊の眼で付箋を挟んだまま眠る素水の賞味期限のように

とまらずに滑ってしまう背中から空へと落ちる　まだ落ちている

口中の青りんごサクリ歯を当ててあなたはきっとけものに戻る

iPhone を愛撫している親指とあなたの舌がいつも似ている

海はいつか乾くだろうか父というその狂人の眸のように

射精ののち月は工具の冷たさで魚の眸へ真珠を埋める

メッケル憩室

メッケル憩室の午後二時窓辺から記憶の積み木が崩れるばかり

夜のほどろ足の爪先ずらすとき告白をしたウミネコのはなし

天竜川を越えてひかりを払いのけ橋からぼくを覗き込んでる

放尿の音だけ響くこの朝が世界のおわりのように全部だ

アルミニウムのように冷たく光る海、携帯変えても消せないメール

ゆうすげとつぶやくひとの唇のおくに一輪ゆうすげが咲く

意味飽和

転倒するものは過剰だ平成の硬貨を入れて取り出すペプシ

腑分けした空がひろがる某日某所獣医学部のキャンパスのうえ

薬指のリングの隙間をすり抜けてぽかんと蒼空に跪座するひかり

ロードローラーの湯気の匂いに紛れてるドクターペッパー飲んでいた夏

ながされてまたひきよせてながされてまたひきよせて／そう、意味飽和

受話器から一斉に飛ぶ蜜蜂を集められないまた一斉に飛ぶ

膵臓がいい

自販機のボタンを押せば落ちてくる昨夜の手淫の人差し指が
喉奥に人差し指で押し込んだシクロスポリンぴすとるが鳴る

脊髄は取り除かれる食べるならやっぱりきみの膵臓がいい

てふてふと耳から砂がこぼれ落ちヘリコプターは遭難をする

勾玉のかたちに笑う菊の花ふたつに裂いても笑っていたね

つま先から溶けあったままになっている火の消しかたを習っていない

花は咲く

花は花は花は咲くよと歌うひと五年は擦れてゆく耳朶のよう

寝返りのような波間に揺れてみるいのちをうばったはなしをしよう

花はみな他界へ誘うだとしたら名前は書いておくべきだった

フラスコに注いだ海は揺れやまず滲出液が漏れ出している

みつばちが瓦礫を越えて飛んでゆく除染されないひかりのなかを

同じ顔しているペットボトルとか白色レグホンとか捨てられる

三日月は溺死者のひとみリアス式海岸はるか鳥が巡るよ

洗っても洗ってもまだほんのりと産褥熱の残るこの町

切る

もどかしさを酸漿のように解きほぐしモビールの糸切ってしまった

色つきの夢を見たなら神経が病んでいるって腑分けする花

汗ばんで芝生のうえにうつ伏して切れてしまった電話のように

ししくしろ黄泉へとつづく街灯は合わせ鏡のように始まる

水無月と声にするとき右側のアインシュタインがまた舌をだす

宇宙ならいびつな楕円捩れてるカラザを切れば語りはじめる

熱せられ白く濁ってしまうから卵をそっとひとりにさせる

苺が匂う

臨床は海の揺らぎと思うとき離島の数だけ問診をする

せんせいの顔が歪んでしまうほど菜の花畑に打つケタラール

ハロセンの切れかかるころささ舟は内海あたり苺が匂う

歯車のかたちがいくつも噛み合ってレントゲンには乳房が沈む

防疫はささやかな詩だと思ういまインフルエンザという恋人がいる

ぬばたまの夜の睦言を隠してる鏡のなかの壁のふりして

半月板の翳りゆくまでうつ伏して視床下部から漏れてくるもの

手漉き紙をいくつも重ね深海にあなたと違う生きかたがある

ホルマリンのなかの冬陽に肉塊の影は素早く後ろへ回る

アポストロフィエス

ふゆぞらを喋りつづけるストーブのことばが錆びてしまうのだろう

かなしみはアポストロフィエス雨粒が肺胞内に溜まるばかりで

貝殻の切手　唾液が裏面にあってきみのふたつが貼られているよ

笑わせたり困らせたりするひとだけどわたしがさきに視線を逸らす

猫背気味の祈りのように思い出す菜の花畑は作り笑いさ

コーンスープと水平線が平行であること生きていることみたいに

日付変更線

やくそくはろくじさんじゅうろっぷんのとーすとたべてからのくちづけ

親指を見比べている。歪んでる関節の林檎　子供のぼくだ

アッサムティーの琥珀に染まる海のなか愛を沈めたままの反則

むこうには初島がうすく見えていてパンケーキ重ねるように眠たい

たよりない三色刷りの広告のなかの熱海を歩いたきおく

どんな季語も持ち合わせていない雨の日はボタンホールをもてあそんでいる

つやつやのピーマン指名するように塗りたてのこえ　まだいいの、もう

日付変更線の眠たさを引きずったままドバイのチョコは甘すぎなくて

木が空に窓が葉擦れに添うように油絵の具をテレピンに溶く

うたが歌とひとが人らと争そわぬようにミモザはまんなかに咲く

星々が空からこぼれてくる海で瞬きするまに奪うくちびる

病みあがり　椿の花が昨日落ち今日落ち手首くらいの糜爛

ゆわゆわと遠のいてゆく波線が思い出を綴るノートにもある

Wi-Fi の圏外ま昼間　早退の子がホームから覗き込んでる

プテラノドンの影がゆっくり過ぎてゆくザザシティからプレスタワーへ

ネクタイの解きかたさえ分からない動物園のペリカンだけど

手放して橋脚に割れるみずのよう三月三十一日は来る

夕べ身体から離してやった鳥たちがラッセル音の森へと帰る

天涯へ去りゆくときに誰からの電話なのかがわかってしまう

見ることは眼を閉じること必要なものを捨てようたとえばことば

サクラ

よく似てるきみと歩くと思いだす嫌いって言ったサクラのことを

洗わない犬の貌へと頰ずりすれば犬はサクラへ放尿をする

くちづけはサクラの背中にしてくださいそれともサクラの首筋あたり

プリーツスカートはサクラ色したモーツァルト花一匁ならあなたを奪う

夢を叶える二十四色のクレパスの使い切れずに残ったサクラ

ひとくちの塩羊羹を齧るときサクラ花びら歯形が逃げる

珊瑚など

薄雲の　好んできみは内海の凪に一粒小石を投げる

砂つぶがくびれを抜けてゆくように人と会うそして人と別れる

汽水湖の奥までとどくまるいみず三半規管の流れにも似て

柔らかい手首の細さ環状線を幾度も回る手首の細さ

正確に道筋をつけて話すこと、部分肉そして刃は切りわける

珊瑚など健やかに伸びる生物の一族のなかきみは属する

空き箱の深さがちょうどいいのです何も入れずにあなたをいれる

引き抜いてゆくとき擦れあう熱の痛みにきっと脱色してゆく

御前崎海岸

四月には白蛇の泳ぐ海岸に上機嫌だよあのおんなたち

たっぷりと薄荷の水を飲み干せば水平線はわずかに斜ぐ

果てというどのくらい遠いところからやってきたのかここまでのＵＭＩ

手首まで海水に摑まれている少しうしろのあなたであるよ

絶望のあとに叶える夢があり海鳥の飛ぶ海岸にいる

海風に羽をひろげてわたしたち何も聞かれずただ奪われる

すかんぽ

眼球に点滴されて重くなる秋の窓辺や空のちゅうしん

七色の貝のボタンを外すとき八番目のだけ海からの便り

永遠でない幸せの地図のよう胡桃の殻のスジに触れてる

饒舌な葉をつけすぎた断捨離と瀉血は同じ療法なのか

刑法第二編第二十九章のすかんぽすかんぽまっぱだかの草

針葉樹林は

しなかったこと、が一瞬ねむりからみぞおちあたり抉り取られる

かたつむり（コトン）と夏至の庭先にあのひとの水溶性の声

砂粒がいくつぶいくつぶ（改善の）会議資料を台無しにする

蝶の／収集家のよう少年は稽留熱の眸のままに

川を川は流れて山を山にうね夢遊病者の辿りつくところ

青空がとおいことばを聴くように左まわりにひとりが裂ける

から瓶が机の上に棲みついて立つということさびしいかたち

落雷の　異物に痛みは翻り約束をまだ果たせていない

背中からうまれる雲や山脈を受け継ぐかたち針葉樹林は

入り口に満ち溢れてる　森林は拒まぬところ出口はなくて

森林へ、都会へ、思惟を巡らせてシーツや本に零す針葉

読まれないとか分かってる呟きをやめなかった鴨みたいに

十戒のひとつも守れぬぼくたちがネットのなかに神を唱える

愛するって化石と化石が擦れあい砂になりゆくまでの許しだ

撫で回される六月の乳房また蝶は蜜柑の葉で交尾している

左手が背中の翼にとどいたらいちばん近い森が繋がる

Ⅲ

吊るされるみず

左側の頸を圧迫すれば
じっと尻目に
異臭を放つ正論が
賛美歌の雨に打たれ
途切れ途切れに嘘をつく
という反応は生物学的
には正しい
マーカーペンでなぞられ
舐められた歴史は

ドーバー海峡を渡り
剝がれた鼻鏡の水泡を
ひとつやふたつ見逃しても
すぐに暴かれること
を笑われる
(してしまった殺戮は
ますます実り
作戦は石のように後悔するもの
わたしのなかの
わたしがいくつも
割れ続け
つぎつぎとわたし
離散をやめないどころか

あんなに高く舞い上がってゆくので
閂を外さなくても
足は裏切るために罵られ
鰭は逃げるために愛される
という進化の途中の
配列は誤読され
パワーシャベルで
吊るされるみずは
地球の骨を削ったあとの
同心円へと放たれる

片肺がない

性欲の末路のように清潔な半月だった　片肺がない

手首から嘔吐している一日を出口のように崩してみせる

腐肉にも芳香はある誠実なけものにだけはなりたくはない

両肩にそばかすのある若さだけ食べてしまった　まだ夏がゆく

炎へと耳を翳してしろしろと最初の恋は喋ってならない

産卵を終えたあともう潔癖でない触手しか残っていない

蟷螂の交尾を指でつついてる海を飛べない少年である

褪せてゆく虹を眸に沈めては甘いレモンと酸っぱい葡萄

大正坂

つなぐ助詞選ぶべきだとレシートにすこし光った☑を入れる

メールいま送ったけれどわかってる空と海とは交わらないこと

やさしいと思える音に出逢うため草原のなか巡る音便

大正坂ってなんかやさしく響くから等身大のバス停で待つ

カテキット／手をつないだこと一度きりサボテンがいま等しく咲いて

どうしたらひとつになれる海なのか確率論をまた間違える

この秋に別れてしまった海辺からいちばん遠い海辺を目差す

散ってしまったことを後悔するよりも咲かせたことを後悔してる

うすい

幾度でもあなたのなかに射精する叶わない叶わない叶わな

天井に映しだされたぼくたちは迷いつづけて溺れるペンギン

窓のない真白の部屋は静謐でただそれだけでむしろでたらめ

海象のようになめらかにしなうとき理性はふたつに折れてしまった

いのちって灯りからいつも逸れてゆくまはだかのこころ雨を飲んでる

そこだけがまだ残ってる汚れてるきっと素直な悪人だから

時間なんていちばん正直すぎるからにんげんだけをうばって過ぎる

単音の眠りのきみは遠くまで砂丘のように模様をつくる

このなかのうごくさかなや米粒が見分け難くて（おんな）のからだ

するキスは氷を滑ってゆくように下のほうへとお願いされる

にんげんの立ち並んでるモリのなか獣の臭いがすこしもしない

心臓がある

にんげんはむかし樹木であったならひかりのほうへ眼を流す

「の」ではなく「に」を選んでる龍が空を横切っていくあいたいひとがいる

愛情に球面体はふさわしくその半球の窪み（なかゆび）
肌と肌ぴたぴたぴたぴたぴた重ねたらオキシトシンは我慢できない
獣的感覚のまますするキスの腕のなかチガヤは撓う

明け方のうたたね宙の流れ星順番どおりに海へと落ちる

ヲヲと穀物祭の夜は更け懐妊したと打ち明けられる

かさばったあなたのひとつそのくらい好きでいられる心臓がある

七の目

骨のように胸をひろげて抱かれてもさいころの目は六とおりだけ

いつかさいころの七の目が出たときは絵描きになってことばを捨てる

耳元の（ビートルズ）小鳥が囀りはじめてる（歌いだしてる）聴いているかい

ひまわりの錆びついたゆび目の前の（この指とまれ）終わらない夏

行きましょう生きましょう（きっと）逝きましょう。指先だけで地球がまわる

反射のような

スクロールを（途中途中）と押し下げて浮かぶ感じで落ちている　いく

手首から丘陵はゆるい大いなる街路のそらに雲雀は鳴いて

スリープモードに戻るま昼間会わないでお祈りをするしずけさがある

シャットダウンするまでの無言（を整えるように呼吸をわずかにとめる

萌えいずるものがつぎつぎ蒼空を押し上げてゆく　息苦しくて

矢印のない森をゆく体内のリンパ管から逸れる感じだ

二重線ほどの意見の食い違い冷たい紫陽花　笑顔じゃないです

忘れかけたころにツイートするきみは雨の上がった夕暮れなんだ

遠くにいたってますます募る恋がある。触手を伸ばす蝸牛に似て

定型が好きだと言ったきみのこと好きです桃子　けれどさみしい

愛した人とずっと暮らしてゆくことがそもそも垂らした糸が見えない

無精卵を温めている雌鶏の反射のような生き方がある

星座の位置

指先でプラムのつるつる摩ったら摩ったところに鳥が集まる
動いてる動いてちゃだめ身体から星座の位置がずれてしまうよ

唇音を近づけている傷口はまだ癒えてない　墜落しそうだ

手のひらを重機のように凹ませて生命線をそっと重ねる

哲学的回想のとおり解剖は正中線を丁寧に剝ぐ

搾乳ロボットのやさしさのままに立っている雌牛のような眸のきみは

胸中に赤い蜘蛛など棲まわせて非連続的に星は慄える

ひとりの森ひとりの山

あやとりのかたちが戻ってゆくように生まれるまえの素水に戻る

ひとりの森ひとりの山と数えてはいつのだれだかわからなくなる

浴室に淡島ひとつ流し終え林檎はゆっくり冷える　ゆっくり

左側にペニスを収め弓なりのカラダが割れる右脳おおぞら

喋りすぎた古い硬貨と喋らない化石を今日は並び替えてる

ディオネアへ人差し指をそっと入れあなたの耳は寒天培地

見つめたら空中分解してしまう秋空はきっと義眼なんです。

神はラムスデンのうちがわのいちばん底の炎を消した

ルナティック

深くみずに沈んでしまう目印がここから見ると親指のよう

無花果と抱きあったままわたしたち放物線の未来を落ちる

ソラマメを鞘から落としまんなかの臍に触れたらおんなが笑う

論文のとおりに塩基配列を並べかえても遅れずに死ぬ

また春が来るまで麒麟の好きな木の歯車はきっと遅刻している

ベーグルの真ん中に富士山をおき代わる代わるに見ようじゃないか

さぼてんの棘で一粒づつ潰す卵のなかの冷たい鳩を

揚羽蝶の片翅だけが落ちていて通信欄の秋はさびしい

ルナティック、夜中に聞いた話ではおんなと肉を食う楽しさよ

点滴は二時間二分、カーテンのむこうおんなの素足に触れる

カメムシを親指の腹で潰すときテッシュのなかの森が弾ける

反りかえりなぜだかふいにひかりだすやがて静かにすこし短かい

あやとりをかすめとるよう放たれた鳥が春には北へと帰る

なんべんも色鉛筆をならびかえ森をさまようおんなを探す

銀色裸体

少年の銀色裸体測るとき爪さきまでの進化に触れる

花の咲かない植物だけを部屋に置き高層ビルのオフィスへ通う

蜘蛛の巣に引っ張られてるあなたから話し始めてくださいどうぞ

蛇腹ふた折れだけのひかりのやさしさに紋白蝶は頷きを翔ぶ

半眼の冷たさだけは疑わず鳥獣剝製所にかかる三日月

砂山に月の卵をうずめては孵化するまでを春と呼びたい

暗闇は半分にだけ仕切られてきみよりきっときっと早く死ぬ

頰に触れ手のひらをつなぐ風として猫は死人を送るのだろう

解説　オワーズのひかり

加藤治郎

夏の日が忘れ去られてゆくように日照雨のひかりを餌槽に食べる　「たましいひとつ」


フランスのオワーズ地方というと豊かな川が流れる田園風景を思い浮かべる。なにより「オワーズ」という言葉の響きが晴朗である。風がまばゆい至福の地方を想像するのだ。

O型の口蹄疫ウイルスは、このオワーズ地方で最初に発生が確認されたという。まさに、オワーズから始まったのである。平成二十二年、宮崎県で発生した口蹄疫ウイルスはO型だった。そこにはオワーズ地方の光の記憶が埋め込まれているかもしれない。光と闇が交差する。

夏の日は健康である。照りつける光である。それが忘れられてゆく。今は、雨のなかのやさしい光だ。いや、病んだ光かもしれない。そんな淡い光を帯びた餌を牛たちは食べている。無垢な存在である。が、すでに殺処分は決定済みなのだ。

2%セラクタールを投与後に母子の果実を落としてしまう
頸静脈へ薬物注射するときに耳たぶの縁《へり》蜘が血を吸う
倒れゆく背中背中の雨粒が蒸気に変わる　たましいひとつ
射干玉の黒い眸はたちまちに海溝よりもかなしく沈む
前肢の動きのやがて止まるとき呼気は真っ直ぐ真っ直ぐ　たかい
タイベックスの防護服から雨粒が胸郭あたり乳房を冷やす
たくさんのいのちを消毒したあとの黙禱さえも消毒される

白井健康は、宮崎県からの要請で、派遣獣医師として口蹄疫防疫作業に従事した。平成二十二年六月であった。宮崎県が対象とした殺処分の家畜は、約二十七万六千頭だったという。その状況を思い浮かべてみる。二十七万六千頭の死体。想像を絶する。家畜の殺処分は、現在も続く深刻な社会問題である。

「たましいひとつ」はそのドキュメントである。緊密で沈鬱な一連だ。第二十二回歌壇賞の次席となった作品である。

セラクタール2%注射液は、牛の鎮静を行うためのものだ。殺処分の苦痛を緩和するため事前に打つ。「セラクタール」という言葉が清潔で平たい感触である。それが詩語になっている。牛の母子である。その果実を落としてしまうとはメタファーだ。死の近さを暗示している。

頸静脈へ薬物注射をする決定的な場面だ。そのとき、何を見るか。耳たぶに蜗が止まる。血を吸う。その微細さが現場の緊迫感を伝えている。薬液注入後、牛は倒れこむ。まだ体は温かいから雨粒が蒸気に変わる。梅雨時だ。白いものが昇ってゆく。そこに牛のたましいを見た。たましいのほかにふさわしい言葉はあるだろうか。

獣医師としてのやり切れなさは言うまでもない。動物の命を救ってきた自分がそれを奪う。しかもまだ感染していない健やかな牛なのである。引き裂かれるような行為である。それを終えたあと黙禱する。牛たちは消毒され、防護服の獣医師たちも消毒される。白い世界を想像する。そして、黙禱さえも消毒されるという思いに苛まれる。

Iに「研ぐ」という詩がある。

検査員に洗われた肌は
艶やかに逃げて
赤いスプレーのナンバリング
を追いかけても
馴染めない記号
がいつからか（読めない

流麗である。イメージが滑らかに通り過ぎてゆく。こうして読むと、むしろ短歌の特性が実感できる。短歌は杭のように一本一本打たれてゆく。立ち止まり、反芻する。そして次の一首に移る。ときには苦行である。「たましいひとつ」の三十本の杭が深くて強い。それは祈念であった。

白井は、現代詩を通り抜けてきた歌人である。詩の力量も確かだ。白井の住む静岡では「しずおか連詩の会」が開催されている。白井は毎年行っているという。連詩の会のさばき手野村喜和夫さんには、昨年、白井の所属する未来短歌会がお招きして吉岡実の『昏睡季節』について話しいただいた。縁を思うのである。

電子手帳の（欺瞞）の声の柔らかい彼女と似てるきみを愛した　「土瀝青に」
雲雀よ教えて一番最初に「す」の音を声にしたのは男か女か　「男か女か」
忘れかけたころ諳んずる詩のように褪せてしまった虹に触れてる　「クレンメ」
ゆうすげとつぶやくひとの唇のおくに一輪ゆうすげが咲く　「メッケル憩室」
臨床は海の揺らぎと思うとき離島の数だけ問診をする　「苺が匂う」
せんせいの顔が歪んでしまうほど菜の花畑に打つケタラール　同
砂つぶがくびれを抜けてゆくように人と会うそして人と別れる　「珊瑚など」
腐肉にも芳香はある誠実なけものにだけはなりたくはない　「片肺がない」
メールいま送ったけれどわかってる空と海とは交わらないこと　「大正坂」
散ってしまったことを後悔するよりも咲かせたことを後悔してる　同

Ⅱ部、Ⅲ部から引いた。こちらは現代を歩いている。幾重にもイメージが重なる。自在感がある。Ⅰ部の後に読むと、安堵する。過酷な現実に直面すること。言葉とイメージの世界を散策すること。詩歌にはその両面がある。

電子手帳の歌を読んでみよう。電子手帳の声は言うまでもなく合成音である。合成音がひとりの仮想した彼女を作り出す。彼女が「欺瞞」と発する。そんな彼女に似ているきみを愛したというのだ。欺瞞と仮想が錯綜する。迷宮的な愛である。

読者に「す」というボールが投げられる。何だろう。男女のことだから「好き」という意味と思う。それは読者の自由だ。雲雀は天上的な存在である。始原の光景だ。「好き」という言葉以前の何かがあったのだろう。古代人は「す」と発していた。「す」と声にして近づく男女を想像することは楽しい。

詩が遠くなる。忘れかけて、また、諳んじる。詩を消すことはできない。そのように虹に触れる。この一首では、むしろ上句に現実感がある。下句は幻影だ。現実が幻影の比喩になる。不思議である。詩的直感というほかない。

○

未来短歌会の歌会が名古屋であって、白井は、毎月、静岡から参加している。Gパン姿である。歌会の後に、二人でコーヒーを飲むこともある。若々しくて気さくな方である。先日は、杉本真維子という詩人の話を聞かせてくれた。楽しいひとときだった。

この歌集が多くの読者に届くことを願っている。

二〇一七年三月二十五日

あとがき

純粋って融通がきかない
透明ゼリーの／ようにきみに言われた
言い返さなかった／けど
日差しは饒舌で
いのちを奪う／ことが
あの夏の日だけ／は正しかった／のだ

ＦＭＤ（口蹄疫　Foot-and-Mouth Disease）発生から七年が過ぎた。ずっと、言い返す言葉を探していた。最優秀の言葉で言い返したかった。けれど、まだ言葉を見つけられないでいる。たくさんの偶蹄類を殺したときから、奴らを地下二メートルの埋却地へ封印したときから、制限区域を離脱したときから、幸魂の声が聞こえなくなってしまった。だから、定型詩、自由詩を捧げるという作業を、これからもずっと続けてゆかなければならない。それは、祈りのようであり、嘔吐のようでもある。
慰めるため、そして愛しつづけるために。

I部は、二〇一一年に歌壇賞次席となった三十首、その他二十七首の計五十七首を再び推敲して収めた。II部、III部は、二〇一五年から二〇一七年までの間に未来結社誌に掲載された歌、および未発表の歌二百六十首を推敲して、必ずしも制作順でなく収めた。「研ぐ」「吊るされる水」の二つの詩は二〇一六年に制作した詩の中から選んだ。

歌集出版にあたり、岡井隆先生、加藤治郎先生をはじめ、未来J歌会名古屋の皆さまに心より感謝いたします。また、加藤治郎先生には解説文も賜わりましたこと重ねて感謝いたします。出版に際しては書肆侃侃房の田島安江さま、黒木留実さまをはじめ多くのスタッフの皆さまに係っていただきました。あらためて、ここに心より感謝いたします。

平成二十九年四月一日

白井健康

■著者略歴
白井 健康（しらい・たつやす）
静岡県浜松市生まれ
二〇一一年　第二十二回歌壇賞次席
二〇一四年　未来短歌会入会
加藤治郎に師事

Twitter : @StFxs8S6SASuScIZ

「ユニヴェール」ホームページ　http://www.shintanka.com/univers

ユニヴェール1
オワーズから始まった。

二〇一七年五月十一日　第一刷発行

著　者　白井 健康
発行者　田島 安江
発行所　書肆侃侃房（しょしかんかんぼう）
〒八一〇・〇〇四一
福岡市中央区大名二・八・十八・五〇一
（システムクリエート内）
TEL：〇九二・七三五・二八〇二
FAX：〇九二・七三五・二七九二
http://www.kankanbou.com　info@kankanbou.com

DTP　黒木 留実（書肆侃侃房）
印刷・製本　株式会社インテックス福岡

ISBN978-4-86385-260-0　C0092